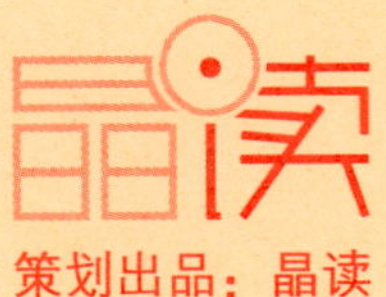


策划出品：晶读

品读

# 青灯 明月 曼陀罗

烟山 著

中国财富出版社

**图书在版编目（CIP）数据**

青灯 明月 曼陀罗 / 烟山著. —北京：中国财富出版社. 2015.8
ISBN 978-7-5047-5816-3

Ⅰ. ①青… Ⅱ. ①烟… Ⅲ. ①散文诗—诗集—中国—当代 Ⅳ. ①I227

中国版本图书馆CIP数据核字（2015）第168694号

**策划编辑** 张彩霞 **责任编辑** 张彩霞
**责任印制** 方朋远 **责任校对** 杨小静 **责任发行** 刑小波

---

| | | | |
|---|---|---|---|
| **出版发行** | 中国财富出版社 | | |
| **社　　址** | 北京市丰台区南四环西路188号5区20楼 | **邮政编码** | 100070 |
| **电　　话** | 010-52227568（发行部） | | 010-52227588 转 307（总编室） |
| | 010-68589540（读者服务部） | | 010-52227588 转 305（质检部） |
| **网　　址** | http://www.cfpress.com.cn | | |
| **经　　销** | 新华书店 | | |
| **印　　刷** | 北京京都六环印刷厂 | | |
| **书　　号** | ISBN 978-7-5047-5816-3/I · 0199 | | |
| **开　　本** | 880mm × 1230mm　1/32 | **版　　次** | 2015年8月第1版 |
| **印　　张** | 4.25 | **印　　次** | 2015年8月第1次印刷 |
| **字　　数** | 57千字 | **定　　价** | 28.80 元 |

---

# 楔子

这本书的生成对我而言是极其偶然的，甚至我根本不知道为什么写下这些文字。但我能清楚地感觉到，这个过程使我充满欢喜。

或许是想说明些什么，我不知道；但是，我观见我的心性，如你、如他，一度在妄想与执著中肆虐自己。我渴望解脱，可我曾误入逃避的歧途。如果我曾经是你，我想我有责任告诉你解脱与逃避的区别。

就这样，我画下我见到的虚空与实相，只为见你会心一笑。其实，你也在我的世界里。

这些由一个又一个片段组成的短短一册，其实经历了十年的间隔，仿佛是一个轮回，也仿佛正印证了些什么，有些隐约，有些深刻，也有些莫名。但正是那一段段纠结却又弥新的时光，让我了解每一个当下的自己。

如果非要给现在的自己下个行为上的定义，我想我是在用自己的方式，渴望把爱传下去。如果非要给“我”下个定义，我想我只是路过这里。我不过是时光的旅人，如果我确实是你记忆中的一段段暮色，而你的每一个回眸都是送我欢喜着离开的慈悲。从此你绽放在我心头，不生不灭。

# 引子

就在转念间，我有了一个自己的小小的世界；在这个世界里无须再为解脱寻找任何线索，这世界里，已然无“我”。

如一缕清风，伏于你的心头，只为你觉醒时拂去你心中的尘埃。

我捧过众先的慈悲，传递手中这盏希望的光明。请允许我和你分享这一份自在，这世界，“我”，正要离去，而你，也应该来过。

青灯一盏，容我慢慢说。

# 目录／

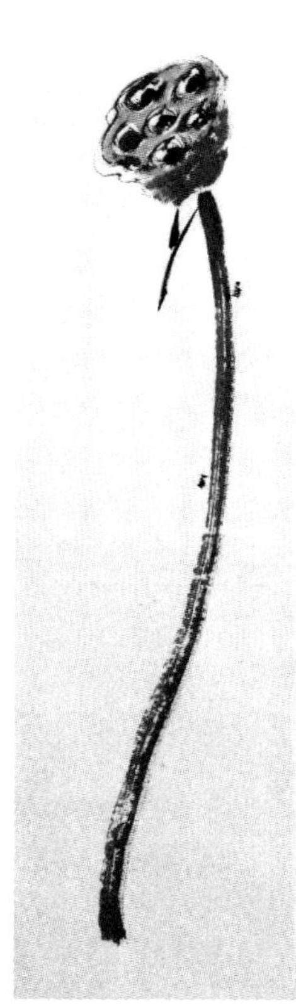

# 过去和未来之间

一个人走得太远，往往忘记了为什么出发。因为不敢回头，往往迷失了方向。每一次对自己的质疑，都意味着离终点越来越近，近得连自己都不敢相信，近得让人不得不绕道而行。

初上路时的悲壮已经在途中被当作包袱卸下，未及的终点，像一盏不明不暗的灯火，诱惑着前进的步伐。被遗忘的已经多得让人不知道该从何回忆，任由它像凛冽的风，或者是撩人的春，就当自己也不过是粒无名的尘埃。

幸福是痛的，痛苦是软的，就连梦都半真半假，未来更显得漠然，冷静得连一次召唤都吝啬不给。

而我们，一直向“前”。坐在途中的人，孤单地愤慨着，他们用眼泪和抱怨为渴望而殉情。似乎连一片落叶都是他厮守了几世的情人，能割舍的除了自己，还有什么？

慢慢地，男人变成了风骚的娘儿们，女人变成了梦里的幽魂。当天狼星再次诱泛尼罗河，昨晚傲慢的汉子奋力地撞向悠然的雪花。昨晚在夜色中翩翩起舞的美人儿，随庙宇中悠扬的钟声香消玉散。

当这一切正轰轰烈烈地上演时，我们正用自己的脚踏上远方。说好了，不回头，不回忆，不放弃。忘记一切荣耀和欲望，剩下的只有信念。一个没有自己的信念，一个先销毁自己的信念。

过去俨然就是个让人摇头微笑的误会；谁的傲慢与偏执如一堵宏伟的城墙，挡住正见；又是谁撕心裂肺地呼唤着迷途倔强；谁的无知与自私天衣无缝地勾搭成滴血的般配；谁为离奇的荒诞披上华丽的外衣；谁为正在舞蹈的罪孽而虔诚地祈祷？

功力尚浅的智者在目睹眼前的堕落后变成这世间的一道惊鸿，一群疯狂的沙扬长而去。最后的仁者点燃内心的真火，一切灰飞烟灭。

一缕春风掠过大地，万物又苏。骆驼仍没有放弃走出沙漠的希望，然它的视野中仍是一片苍茫。戴着斗笠的青蛙已经飞过了无数高山，只为寻找它醉酒的同伴。

让悲伤尽情地来吧，不管如何的残忍，总比不过愚痴所带来的折磨。让痛苦也来得再猛烈一些吧，乘此机会验证一下信念的坚强。但是，希望一切都能尽早过去。因为，一味沉浸在壮烈的煎熬中会让人堕落；或者变得更加不凡，或者变得更加残暴。

没有谁想在为什么存在的问题上消耗太多的光阴，就犹如每一个如今都将被抛弃。能与绝望抗衡的几乎只剩下薄如蝉翼的希望，而就在这个瞬间之前，侥幸仍然是不可一世的王子。倾国倾城的骄傲，一丝不挂地在眼前扭动婀娜的蛮腰。此刻，拒绝任何人代自己投降。拿出嗔恚般的勇气，坚决地接受她的俘虏。

繁星满天，孤独的身影偷偷地忏悔；虔诚地祈求；骄傲地哭泣；悔不当初。本可以种在幸福中的种子，正艰难地迁徙。无边的沼泽如同一个魔咒，等待被解除。不再回忆雷鸣般的喝彩，留下最后的力气等待解脱。

谁的名字啊，承受着磅礴的福，集受着伟大的罪。黎明前的醒悟，能否坚持到光明来临。还剩下些什么？忘记真的比记起困难？释怀真的比求证痛苦？还能做些什么？连自己都觉得是多余的，懊恼和后悔在暗处如约与惭愧相会，大地已无一席立足。

号啕划破夜色，黎明翩翩而至。我们在刹那前死去，在刹那中往生，在刹那间到来。

所有值得骄傲的荣耀变成泥土，所有被解赦的罪孽变成露水，所有的情结变成微笑，所有的仇恨变成祝福。

就这样，我们又“轮回”至此刻。

# 吾若残虹

已经不需要再苦苦找寻，一切就在眼前。没有失去过什么，就如同从没有得到什么，因为无需要什么。向上的魂，向下的魄，虚幻的心，奔走的情，都不过是个呼吸。如同生命，只不过是喉咙间那三寸的示现。

能放下的，不需要再有人劝解；放不下的，早晚得放下。留给别人的是初生的自己，取得的是他人的残时。让我们欢笑吧，这是我们所渴望的。是一个理由，是一个征兆，是一个机会，更是一个光荣的使命。

黄帝为枯木种下一声叹息，得到轩辕。老子为

青灯印下身影，教化圣人。佛陀为众生发下心愿，普度芸芸。你为天地许下的愿，得以悦世。我为你悄然泪下，证得来生。

宇宙的新小孩躺在摇篮里告诉我们他的过去，残旧的孤本藏在尘埃里记录我们的未来。不需要去找到打开南天铁塔的钥匙，也不需要找到容得向东而坐的老树，就在这里，我们已经拥有一切。

没有去未知，没有去神话，没有去传奇，没有去精舍，也没有去龙洞，但是，我们就在这里，行走在天地间。时光如甘露洒向大地，我们微微张开双手，接受大士为我们准备的恩惠。感激的话，就留在心里吧。谦卑的微笑已经说明一切，连眼泪都不能诠释的一切。

捧着多情的心，从此你我各奔他方。不用道别，也不用询问何时再见。或许，永远不会再见；也或许，从不曾分开。脆弱的执着，已经消亡；什么都不用说，一切都是虚幻的尘埃，就好像我莫名地飘落在你的肩膀。你曾经给我的一眨眼，我刻骨铭心。

为此，我为你祝福多年。

一切都变了，身体和灵魂如烟云般飘在崇山之间。风声似天籁，拂于心间。我想起你，又想起你。如果你依然习惯沉浸在小小的痛苦中憧憬快乐，我为你哭泣。仿佛没有痛苦的点缀，生活变得没那么真实。我为你难过，希望你在我的痛苦中明白：痛苦只是个假设。

其实，就连我也不过是个假设。真实的只有自己的心，心里的那个世界是灯火通明，还是阴霾沉沉，都写在了你的脸颊。能为你做的我毫不犹豫，能为自己做的只剩下向往。

我曾是那一抹残虹，为来寻你，耗尽一生。只为看你一眼，慰藉我牵挂的心。我在瞬间后泯灭，掠过你眼前的最后一道光芒，是我对你的期望。

眼前的繁华，使你寂寞不堪；寂寞使你更加孤独；孤独使你又想起我；为此，我心痛不已。我更渴望你明白我的心，在升华中把我忘记。这不是我的目的，是我毕生的向往。成全我吧，用你纯粹的快乐，吟唱一段你的歌谣，我能听到。

转念，已经是千百年的光阴。沉默，是上天给我的最大的权利。我把它变成一个又一个你的需要，就如此刻，我依然在你身边。

# 五百年前种下那一念

寂静中的内观，像是七月的荷花。我在河塘边，等待某人。整个七月，流火漫天。整个八月，没有丝毫雨露。九月，梧桐花落。十月北风，掠绕楼楹。

是谁？在远处焚纱煮酒；庭前长灯通明，间有琴声，却只有我听到。轻怨不哀，艳色不露；墙外飞雪，朱门锁清秋。门里人，不屑门外更天，这惆怅幻美，几人看透。痴心未断，我循声而来。青花盏，雨前芽，梨花台，酒香暖夜。茶入腹，相对无语，仿似故人。

你说，你等了五百年了。我不知道如何作答，更不知道你在等谁。我很内疚打扰了你的等待，却又不能跟你说些什么。即使是一句简单的宽慰或者问候，我都不知道该怎么说出口。

隐约，一种炙焦心肺的卑微蹿至心头。你终于开口，字字句句冰冷刺骨。可你却微笑着，尽量隐藏你心头的寒。劝我的茶，已然凉意油然。是什么样的念，让你守了五百年。你不说，我也不敢问。你再添一味火，暖透壶，说是感谢我的到来。顿然，我浑身冰冷。莫非，我曾对你许下过什么诺言？

你说，其实我们并不相识，只是，五百年前你上了我摆渡的船。下船时我微笑着向你点了点头，而就此，你开始真正的生命。如果，你只是为了讨得一个来自人间的示意，以此证实你与这个世界的缘分。如果，你本就该来，而我只是个必然中的偶然。你不用放在心上。

我以为我们的这一场遇就要结束，你的茶和你的琴声已经给了我无限宽慰，甚至是对我的恩惠。

我该起身告辞。

你看着我，眼中噙着剔透的欲言又止。我的心开始莫名得隐隐作痛，这是什么样的感觉，又为什么会有这样的感觉。我困惑着疼着，无从抉择。

给我一个整理思想的空，一个呼吸的间。原来，你是我多年前种下的那棵心里的痛。这一世的这一天，我来偿还。这是我自己的救赎，而不是你的亏欠。不要再为此而耿耿于怀，暖透你仅仅只剩下最后一丝温暖，却仍痴痴地等的心，我被打回原形，还是那红尘中的一粒尘埃。

然后，目送你离开。不要回头，不要回忆，不要再回来。就连这个庭院，也要像清晨的海市蜃楼般消失无踪。这是你最好的去，也是我不枉的来。

你用最后一层纱，煮沸最后一壶酒，洒于门前，敬必然。最后一碗茶，没有涟漪，一缕清香，敬偶然。从此莫再相见。

十二月，大雪纷飞，我在河塘边。

# 希望之途

城市的灯火照耀着你的疲倦，夜的沸腾制造出悠扬的孤独。你坐在寂寥的角落，寂寞地看着窗外。回忆，悄悄地钻到你的心里。蔓延，缓缓地蔓延。

此刻，你的孤独是那样的美丽。我如同一缕静止的风，驻足在你的面前，注视着你的眼眸。我以为你会一声轻轻叹息，但你只是向夜色轻轻地撩了撩头发。

你长大了，眼前的一切没能让你心潮澎湃。世界慢慢被你了解，我也松了口气。多好啊，暖暖地睡一觉。明天，我陪你继续上路。

沉浸在梦里的天使，露出浅浅的笑容。我和你一起微笑，一起等待黎明。

窗外的露水安抚了躁动的空气，所有能够伤害你的一切，也都悄然睡去。安心，我深深地呼吸。你的夜是我的二分之一的白昼，我只在你置于虚空的刹那时稍稍休息。其实，是乘机整理一下你的过去。为此，是我的存在。

这个世界变了，变得真假难辨；变得是非不分；变得让人难以取舍和定义。其实，我最担心的是你的倔强。没有谁能像你那样对待自己，残忍且又苛刻，甚至让我觉得宽容是梦里才有的慷慨。

如烟浩渺的宇宙中，你开辟了一条前所未有的路。我曾消耗很长的时间来揣测你的决定，又用了很长的时间为此感动。其实，这也是我决定留在你身边的原因。

你能让我骄傲，你能让我自惭形秽，你更能让我看到我自己。可就在刚才，你的意识中有一种力量突然凝聚。强大得让我惊讶，甚至是不敢相信。

# 生的诱惑

这是一场什么样的生命？悲壮得让自己都感到无法形容和骄傲。

这是一场什么样的生命？惭愧得让自己都不好意思提及和讲述。

这是一场什么样的生命？未来仿佛一直充满希望，却不断遭遇绝望。

这是一场什么样的生命？值得庆祝的事物永远像昙花乍现便凋谢。

这是一场什么样的生命？时间像停在天边的天使，以瞬间计算向自己招手的次数。

这是一场什么样的生命？只有年轻一次的唯一

机会，就足以划出过去和现在的界线。

这是一场什么样的生命？还来不及为今天做些什么，又一个黎明即将到来。

仿佛一切早有预示，而正在发生，却又充满新异。世俗与背叛，抗衡与顺从，似乎都经历过了一端弥新的矛盾。是谁教育了我们，还是谁改变了我们，或者是我们想要改变什么？

奋斗的目标变得支离破碎，越来越多人看不到未来，又回不到过去。难道，真是当你看到未来时，便意味着失去了未来？

眼下，能做些什么？任何一个微不足道的宽慰，都让人感激或厌恶。任何一个话题都让人觉得自己曾是事物中的主角，或者参与者。

没有什么更好的办法，仿佛等待是唯一的转机。此时，我们变成孤独而又桀骜的异类。能够看到的一切，都不屑一顾。就好像任何高尚都是所谓的，都配不上自己。事实上，我们正在消灭自己。

无病呻吟的美丽，变成污水流淌的声音。矜持的阴谋，不再面带微笑在花园中散步。是哪一位英雄，正勇敢地向罪孽鞠躬。

我们还能做些什么？希望是眼前的阴霾？还是午夜的繁星？或者，明日的自己？没有人再回答我们的疑问，没有人再光顾我们的骄傲和呐喊，只剩下自己恩赐给自己的回忆或遗憾。这或许正是等待的理由，因为没有人承认自己不知所措。

自尊被制成战鼓高高地挂在城门之上，或者藏在鞋底与鞋垫的夹层。

我们还能做什么？等待什么？还能为等待做些什么？等待又能为我们呈现些什么？我们什么都没有了，只剩下那可怜的徘徊。坟墓，就像雨后的种子，撒满大地，不断繁衍，可怜地繁殖着新的自己，绽放着和自己一样的花朵。然后，可怜地继续。

生命，在一次升华中常会堕落多次，却在多次的堕落中才仅仅能得到一次升华的渴望。而适才在转弯处遇到的惭愧，要如何面对？当自己边思索对策边本能地转身离开时，那一切用什么赎回？

我已经跪在这里忏悔了千百年，此刻你已经不在我的视野中。我为你骄傲，不论什么时候，什么地方，我可以尽情地想象你此刻的圆满。或许，这才是你给我的最珍贵的礼物。还给我我的孤独，送给你我未敢张开的翅膀。从此，你飞翔于自在。

又过了千百年，红尘仍未绝，红尘中还有我，我仍然在忏悔，忏悔一切我曾为之骄傲的一切。你再没有出现过，哪怕是在梦里。不要再沾染这尘埃，你应该只存在于那个我只能靠想象才能想象出来的世界。

就这样，我转过身，迈出我的脚步，继续我的旅程。路过我应该路过的一切，一切虚幻、痛苦、快乐，任何，直到究竟。

## 生长的慈悲

孩童时的记忆，像是一个即将模糊却永远不会被彻底忘记的梦境。不时涌至心头，成为现在的一味没有名字的药。莫名的味道和莫名的作用，让人平添了许多感慨。

不为过去而可惜，也不为未来而恐惧。闭上眼睛，有一只小手，轻轻勾住自己的手指；轻轻地摇晃，一股暖流荡漾至发梢。

柔软的坚强，如天真一样来得那般实在。围绕着你似水般的美丽，柔软得像一把锋利的刀，优雅地斩断彷徨的藤。

你的童年，我一直为你收藏。你不需要想起，因为我不会丢弃。任何时候，任何地点，只要你需要，它就在你心里，就在你眼前。并且，那时所有的创伤，我已经为你抚平。任何缺憾，都不配沾染你的美丽。

另一只小手，紧紧握着一个行囊。你想象不到行囊里应该装些什么，为此我也曾苦思冥想。最终，我选择重新沿着你的童年再走一次。所以，我了解了你的痛苦、遗憾，还有你的梦想。一路上，我被你的过去打动。故事一个又一个呈现在我的眼前，敲打着我的灵魂。我为自己的决定而骄傲，我为你的勇敢而自卑。

你不再是那个小女孩，也不再是那个小男孩。你是一种精神，一种让人惭愧和骄傲的精神。我真应该是一粒种子，种在你出发时脚下的那片土壤。慢慢地长成一棵参天大树，等你完成旅程后回头看一眼，每一片叶子都是你的故事。我愿意一直坚持到你回眸的那一刻，也愿意在你微笑后枯萎。

可是，我更应该在你身边。走得太快，你忽略

了照顾自己。走得太认真，你忘记了带着行囊。我只能就这样跟着你，这也是当下我唯一能为你做的了。

在黑夜里，我擦干你委屈的眼泪，递给你行囊中的快乐，你的欢笑能够填满黑夜的深邃。不要忘记你的勇敢，也不要否定你的梦想。其实，再翻过一座山你就能看到你想象中的那条美丽的河。睡吧，我在你的梦里告诉你。

翻过眼前的山峦，眼前是涓涓的河水，映着你的身影。此刻，我正好五百岁。我为你，骄傲。

# 心之向往

在你的行李中，有一封我给你的信。必要时，打开信封，你会是个旷世的英雄。其实，这是我对你的期待，也是对自己的渴望。

我给你讲的那些故事，其实，大部分是真实的。我过往的生命渴望变成你的坐骑，载你去任何你应该去的地方。

这个世界需要改变，我所希望的是你即将上路。坐在我的背上吧，这样可以避免些许跌撞。而且，我尚且识途。我宁愿最终你将我遗忘在这个世界，而你必须成为那个英雄。

途中，我为你吟唱世界的真，希望你触到自己的实。这是我的骄傲，我能为这个世界做的太少。感谢你实现我的梦想，所以，我愿意陪你去任何你想去的地方。不要置疑，你的选择是正确的。在你的面前，我的生命渐渐地凸显出不为人知的卑微。

我的不可一世是可笑的，就像是一朵绽放在世界之巅的昙花。我以为，我完成了世间的美，实现了灵魂的艳。但是，我忽略了，那只是我一时的绚烂。并且，只有我知道。

没能让谁分享到那瞬间的震撼，更没能触动到谁绝望的心灵。我只能用“无憾”来宽慰自己，起码我做了。想想，我曾是那么的单薄，那么的天真，那么的自以为是。事实上，我没能改变这个世界。可是，我改变了自己；改变了我的命运；因为你的到来，我不再是那朵曾在某夜滴血的昙花。从现在起，我是你旅途的侍从。这远比我孤单地矗立在无人望及的巅峰来得高贵，关于这一点，我不说，没有人知道。

在信的背面，是一张我为你画下的地图。在上面你可以看到我的足迹，那些地方你不用再去。因为，我曾在那里流下我的眼泪和汗水。相信那里已经开满鲜花，人们像蝴蝶一样自由飞舞。

我没去过的地方太多，我无法估计那里的情景。但是我确定，不论是什么样的地方，我陪你走完的坚定不会动摇。佛陀给你留下了方便之门，菩萨给你浸入了楞严之念，遍及所有世界，都会是你的光芒。

走吧，我们起程。

# 寂寞的魅息

我想我该忏悔，尽管不知道向谁，或者为了些什么，但我能确定我应该为此庆幸。

没有谁的号角划破寂寞的孤独，也没有烟花向那一抹往事致敬。黑暗的角落里，憧憬光明的冲动；沸腾的繁华，使谁化为沉默的寂寥。

大漠沧海的情境在梦中撩人地咆哮，双眸凝视着午夜的阳光。眼角化作幻想的秘境，涓涓流水冲淡仅剩的一缕似恨似眷的莫名。

一直没验证，我是谁的魔咒，又是谁的福音。那一遍又一遍的呼唤，缓缓地变成呐喊。是对我的祝福，还是对我的憎恨。其实，几千年以来，我一

觀自在菩薩行深般若波羅蜜多時照見五蘊皆空度一切苦厄舍利子色不異空
空不異色色即是空空即是色受想行識亦復如是舍利子是諸法空相不生不滅
不垢不淨不增不減是故空中無色無受想行識無眼耳鼻舌身意無色聲
香味觸法無眼界乃至無意識界無無明亦無無明盡乃至無老死亦無老死盡無苦集
滅道無智亦無得以無所得故菩提薩埵依般若波羅蜜多故心無罣碍故無有恐怖
遠離顛倒夢想究竟涅槃三世諸佛依般若波羅蜜多故得阿耨多羅三藐三菩提
故知般若波羅蜜多是大神咒是大明咒是無上咒是無等等咒能除一切苦真實不
虛故說般若波羅蜜多咒即說咒曰 揭諦 揭諦 波羅揭諦 波羅僧揭諦 菩提薩婆訶

直觉得我会是谁的影子。孤独地摇曳在清瘦的灯火中，远处的沉默是我唯一尚未偃息的倒影。

在谁的梦里，我毫无逻辑地游走；在我的生命中，谁是那无法命名的魂魄。就这样，一切都变得值得期待；纵使一次又一次梦想在清晨湮息，我还是站在世界的尽头忠诚地凝望。

你来了，赴你我间冥冥之约。然而，我们中间仿佛有一层纱，美轮美奂的间由，使我们好多话没有说出口。因为任何世俗的询问都显得搅煞不堪，就这样，美丽在疑惑中燃烧；疑惑，在美丽中舞蹈。

你已经不再是你，如同我一样。相形之下，过去显得苍白。与其说是一段不可忽略的过往，不如被定义为一段伟大的等待。等待，宁可耗尽一生的等待；只为见你，如夏花般绚烂即凋谢；然，我的心昭告天下。

生如夏花般灿烂，等待凋落的礼赞。我从远方来，体会你的眷恋。我往远方去，完成你的心愿。

仿似迷途，误入人生。狂风中放风筝的盲人，手中握的是谁的孤独，让我如此寂寞。谁吞尽我的妄想，让我风轻云淡。

是你的眼泪酝酿出的沃土，滋养了这妖娆的绚丽。你不知不觉，大地春暖花开。你在夏日再次落泪，谁为等待果实，安住于秋天。

手中唯一的丝线，在风轻云淡中断去。自由的蓝天，从此广阔。谁在迷途的无垠中欣喜若狂，来不及回头。

# 欲死的畅快

伟大，再讽刺不过。或许，高尚来得更值得敬重。这就是我的悲哀，我以为我用最伟大的情怀看待这个世界，等待你的到来，憧憬即将的每个瞬间。

尘世的污浊，没能扼杀我暗藏在指间的风花雪月。所以，我走遍梦境或者妄自的角落；是谁带着她收藏的珍贵迷失在光明的盲点，等待我机缘巧合般的出现。化身为你渴望的新异，即便是一个你不得不点头示意的过客。总算是驱逐了当下的恐慌，只要再一个回眸，这将是世间最感人的传说的开始。

幻想，总是天衣无缝地挑逗人的堪忍；当堕落被视为追求时，我将不值得你看上一眼。你应该得到上天给予你的一个无与伦比，而不是我这样一个自以为是的疯子。看看我的眼神你就该知道，我已经是个翻越了万水千山的老人。你的完美未必能打动我坚强的不安分，而我的狂妄，却很可能会销毁你的单纯。这是世界上最让人心存侥幸的事儿，所有自认为可以定夺和拿捏的人，都沦陷在某一个侥幸中。

不知道是谁成了对方的幸福，也不知道是谁成了对方的疏忽，更不知道是谁成了对方的悔不当初，当然也不确定谁成了谁的将就。如果，我是你的骄傲，请你千万要骄傲，因为这样能成全我的自豪。如果，你是我的骄傲，请放心，我一定不厌其烦地炫耀。

我相信你一定不知道，我是真的疯了。而且病得能够把所有的疯子治愈，使他们能够为那些刚刚疯了的医生们开出绝妙的药方。如果你尚还神志清醒，请你先看看我的眼神。当然，只要这样做，你

必定疯狂。我没有什么好办法杜绝这些事情的发生，犹如我无法治愈我的疯。

这叫我如何是好？

因思念而如山雨般来袭的孤独，让我觉得你是这阴霾的唯一解药。寂寞好似沸腾的焦灼，渴望你此刻就在眼前。这一切，是我为哪一段过往的救赎？为何如此不堪？

吟唱一段久违的祈祷，告慰自己被烹煎的心。埋藏你还没有到来的空白，化解已经灿烂过的黑夜。让我安静地看着自己，在旷野中沉默地冲动。因为，将再无今夜。

感觉好多了，不再像昨晚那样心潮澎湃。也渐渐地回到了现实，这就是所谓的残忍。不给思想以任何机会，哪怕是麻醉一下疲倦的心情。

或许，更需要被谁陶冶；教化我不肯熄灭的苍老，放弃不死心的唠叨，可能真被念成现实的唠叨。如果真是那样，我将是神奇的化身，会幸福地让人们更加厌恶生活；或者是对未来倾入更多期待。

如果我的自我安慰和庆幸打扰了你的痛苦，我为此致歉。如果我的自以为是和玩笑打击了你的幸福，我为此致歉。来吧，我请你喝一杯我自己酿的琼浆。如果没能让你欲死欲仙，就呛出个山崩地裂。至于后来，不是我所知道，也不是我所能掌握的。因为，我不曾邀请过谁，这一次的慷慨，是我生平第一次的大方。

不论你欣然接受，还是断然拒绝，对我来说，都是个必然。因为，我没向任何人透漏过我的阴谋。即使你问，我也未必会说；即使我说，也未必是实情。

或许我让你很愤怒，但是我决不会让你失望。如果你不相信，就请你继续和我同行。如果你害怕，我会让你更害怕；如果你乐意，我会让你更乐意。如果你犹豫，那我将让你耗尽一生去假设。

我想替你抽我一个耳光，我浪费了你的时间，却没有给你个中的所以。要不你靠近些，再靠近些，让我看清楚你的模样，或者，你跟我一起迷失。如果真是这样，我们将变成志同道合的未知，这个世界从此开始惊奇不已。

你太了不起，太值得我敬佩；谁能像你这样毫无畏惧地陪着一个疯子，穿越那一段最花哨的荒芜，又是最漫长的可能；让我向你致敬，从此你可以鄙视任何人和事物，包括我。

就在此刻，我又想起你。无关夜色，无关遥迢，更无关空寂，而是我更希望你此刻正处身宁静，无须清理困惑的宁静。就像远处的山茫，透过庙宇的崖角，隐于略蒙之后的清澈；如这夜，无论如何也掩阻不了你清晰于我的眼前。

# 捏造者的颂歌

听到了吧，我所讲述的我那一段让历史尴尬的过往中，没有一句不是在向世界证明我的不屑与孤傲；但我从来不敢向任何人保证我会一直这样。我是个海纳百川的小肚鸡肠，更是一个患有完美妄想症的捏造者。

听他们说他们疲累了，听她们说她们委屈了，听它们说它们厌烦了；是啊，太不易了，生活变成了一场战争，而每个人几乎都成了这场战争的统帅，起码是胜负的相关者。这斗智斗勇的昼与夜，谁能悠然自得地做一场不被惊醒的美梦。

于是，我失眠了。其实是恐惧，害怕那漫天的流弹伤害到满地的无辜。又于是，我开始捏造。捏造一个完美的世界，捏造一个让所有人惭愧的理由；让生活自在些吧。如果你们把我逼疯了，我可能会颠覆这个世界，这是我真正担心的。

求求你们，对自己慈悲些吧。无论你是升华至此，还是堕落至此，这都是一个机会。我讲述一段又一段的往事，其实是为了解除我的孤独。或许，你会成为我的知己同道；或许，你会聆听我的灵魂；或许，你会明白我的良苦用心；但，不管怎样，在我身边的时光，将是你此生最崇高的光阴。

让我为你捏造一段你的未来吧，一段让你过去只能在独自一人时才敢幻想的，又不敢相信的未来。不要说谢谢，也不要扭捏矜持，因为，我只在这时有想要捏造的冲动。下一次可能是千百年后，也可能是遥遥无期。

不是只有我明白你的痛苦和委屈，不是只有我一个人知道所谓的真相，只是只有我一个人愿意冒

着被你痛恨的危险向你说明。我想解救你，更想解救自己。我都徘徊了几千年了，我的不屑使我变得吝啬，我的吝啬使我浪费了很多机会。但是我仍然孤独地骄傲着，为我对自己的忠诚。

我有一个要求，你必须满足于我——不要提起你的过去，不要要挟你的当下，不要描述你的未来。还有，忘记我，忘记一切，也包括你自己。

## 初心再现

我已经肝肠寸断，此时你看到的我仿佛是重生。我饮下太多谁和谁的什么，中毒太深。为寻得一剂解方，我走遍世界。在每一个生命如烟火般即将泯灭的最后一个瞬间，告诉自己——再坚持一个正念，将得到正果般的永生。

犹如伟大的你，勇敢地前进。我爱上你，就好像否定了过往的一切，就好像你才是我百转千回的缘由，就好像你是能够点燃我的生命，让我光芒四射、涅槃于温暖的宇宙中的最后一根火柴。我太爱你了，因为我需要你，因为我非常需要你。你让我爱不释手，因为我不是你，因为我不能没有你。你被我占有了，我美其名曰你是我的生命。就这样，你消失在宇宙。

我得到了你，我每前进一步，身后都会留下让人羡慕的痕迹，而你，正飞翔在我的头顶。你恍然大悟时，暴雨倾盆。我羞愧地目送天际那道惊虹，继续赶路。

很久以前，我想象你是一条自由的鱼，畅游在无边的大海里；还是一粒倔强的金，威立在狂躁的烈焰中。为此，我无比焦虑。为此，我无法入睡，失眠在每一个燃灯和黎明间，在担忧中一夜又一夜。

没有人比我更加多情，凡俗的躯体不甘堕落地履行着神的职责；我几乎已经为你设计好了你缤纷的一生，甚至丰富得需要常人几生几世才能有幸领略一二的一生。我骄傲地向自己宣布：从今天起，我是你的守护者。

你没有质疑我的想法，因为你已经知道我是在火焰中沐浴。我说任何、做任何都合理、都不用理会。

关于这一点我不知道，于是我一如既往地像我想象的那样做着。

一天又一天，我一直坚持着我的初衷。终于，你相信了我的言辞；并为我的存在而骄傲和庆幸。你用最柔软崇敬的眼神看待你眼前这个非凡的我，我更加努力。努力得失去自己、失去所有的念头、失去坚持的信仰、失去一切无意到来而演示了我的卑俗的慷慨，我想我该失去你了。但是，出乎我的意料，你并没有离开，而是像一位真正的神，用安慰来煮沸我的自惭形秽。

你说是我陶冶了你，其实是你教化了我。而最使我开了眼界的是你才是真正冷静而沉默的狂人，让我的人生从此告别现实。

# 试探的人生

你愤怒了，我无意间发现。相对你那弱水三千只取一瓢的清秀，我却异常豪放地海纳百川。你用最温柔的语调批判我的无知和贪婪，同时为我寻找理由。但凡我还有斗争的欲望，我一定让全世界知道你的伟大。

你有些无奈，而且有些黯然神伤。我要代表我的过去、现在和未来向你致歉\，我应该向你致歉。可是，我始终不知道如何开口。你的伟大并不是我主观意识、或者因为对我的纵容才体现出来的，你仿佛已经知道我在挣扎中焦灼的徘徊。于是，你说其实这是真实的我，无须刻意改变什么；这才像我；

这才符合我；这才能证实我确实的存在。

没有人知道，我在惊讶中用我所有自以为是的智慧寻找那道人们所说的、应该存在的、可是怎么也找不到的、要撕却撕不出的大地之缝，让我避开这能让我这样一个人无颜面对的羞愧。

就在此刻你抿了抿嘴角，给我留下一道辛酸的微笑，转身离开。我的心在如时获救般的苟且中抽搐，不规律的节奏让我有要窒息的幸运。

我该放下那把凛冽的屠刀，我要向自己证明自己。可是，我的手里什么都没有。

我该放下屠刀，放下一切。虔诚地为自己犯下的罪孽隆重地忏悔，可是我的手里却空空如也。那些我陶冶了你和你教化了我的过程，使我不能释怀。我曾孤单地站在世界的角落谩骂他们无耻的堕落，希望他们能在我的孤独中看到他们的悲哀。我不渴望他们能向我乞求，请我回到他们的世界为他们讲述他们所一直错误的自以为是的真理。但是，根本

没有人愿意浪费他们的任何一声邀请。我以为我会愤怒，或者给他们些教训，即使是一些带有不舍的刻意，但是我没有。

是谁将那段还没有结束的历史画上终止的符号，而有太多珍贵的唯一已经被掩埋在那段时光里。

过去那一段试探的生命，显得太过当然，显得有些不满足，甚至有些侥幸。而只有在面临此刻这样的抉择时才发现真实的自己，是在困惑和艰辛中平淡面对，还是再出卖一次自己；都将成为一生的烙印。

是祈求得不够还是不对？是走得太快还是太过优柔寡断？是因为谁人的存在？还是自己太过无所谓？一切都可能是答案，就犹如一切都可能是假设。

如果你仔细地回忆，或许你不难发现，正是因为假设，使得我们葬送了那一段可以更灿烂的时光。但是，后悔根本解决不了什么。

谁能来拯救即将开始的我的未来，或者和你和全世界都有必然关联的未来？谁能帮我实现我的可能和你和全世界都有关系的梦想？谁能赏赐一个能够立刻奏效却又不会伤害我的颜面的方法？可怜的自尊和希望，没有一刻不在游荡。

似乎过去的那些过去，都与生活无关，但又息息相关。当生命不再光鲜，只剩下平淡的心、平淡的回忆和祝福时，最终发现，我们不过是在追求那一味内心的安宁。

# 燃生命之芒敬你

其实，人们传说的诸多悲哀中出现了奇迹：许多人不再恐惧死亡，而只是担心无法继续活着。

这是个值得欣慰的消息，人们开始逐渐懂得精神的作用。如同意念，产生惊人的力量；神奇得使人不敢相信却又跃跃欲试，我们无比的自大，正渐渐凝聚成无限的奇小。

路过那值得骄傲的器物时代，再穿过那固若金汤的制度时代；我们狂热的心如钢铁般冷漠，继续奔向假设的精神领域；仿佛是一个虚拟的空间，遥不可及，却始终萦绕在梦里。

没有任何征兆，却始终透露着线索。我们渴望身边有人怀着勇敢的心，走到我们的前面。我们歌

颂他们高尚的情怀，撕扯着自己并不广阔的胸襟。

生命的取向，是朵磅礴的浪花，在苍茫的无垠中抗拒沉没。你的出现，让我看到不曾知晓的自己。边掩盖自己的卑微，边销毁自己的伟岸。

在你用沉默安抚我的那个夜晚，我如白昼消失在眼帘。那是我追求的幸福，不是偶得的幸，也不是正得的福，而是因缘的生起。如同谜底在真相中揭晓，使我不再眷恋这个繁华的世界。

我本来以为，我只是天边那一抹残虹，为来相见宁愿耗尽一生。只为看到你点头一笑，我便如烟火般赠你我生命最后的光芒。从此，你的生命以幸福定义。

为此，我曾不止一次地骄傲。并且始终相信是某种心愿，成全了我手中瞬间苍老的岁月。直到当下，我才顿然醒悟——是你，为我证得一切。

我该放弃愚痴的眷恋，销毁你心头唯一的负累，在我们相对的微笑中，化做烟云。但我始终希望，能让你看到我为你准备的我的最后一缕光芒。

# 死亡的启示

我开始练习，练习当下的死亡。我想在其中找到人们一直困惑的实相，然后让你们知道恐惧是味可以慢慢把人折磨至死的毒药。它的毒就在于能让人在痛苦中逐渐接近死亡，而且忘记一切可能解救自己的方法。

安住在无形的时光，目睹那因“有我”的种种毁坏。空寂仿佛是不置可否的事实，无生的法忍是被谁掩盖的出口。又是谁，忘记觉醒，而沉浸在苦恼中满足于那些所谓的特殊感受：其实我们曾同样只是在追求自我的显赫。

我们都曾是受害者，我们曾一度是自己认为和设定的某一个本身，并且，我们都卖力地演出，直到真的把那个本身变成自己。解脱变得遥遥无期，太多本身将永远不能出离，留在本身的枷锁中，体现着被投射的自己，努力在痛苦的奋斗中。

一直没敢把自己赤裸裸地呈现在本身的面前，做一个了断。所以，一直没有发现死亡并不存在于任何人的生中，而当下已是永恒。我也不曾确定，我也曾不确定。可是我始终觉得现象是可疑的，我说过，问过，没有答案；于是我用“我”做了一个试验，如今我从试验的结果中走出来，告诉你我看到的一切：当下的本觉不是你知觉的客体，而是知觉和目睹的本身。那纯粹的空寂，如同整个宇宙的生起。

放弃那因“我”的执着吧，自从生命被以“我”执名以来，谁不是备受煎熬地挣扎着。我想说无边的自在中，我们本来的德，从不受时间与空间困扰。无边的空性不生不灭，不增不减，不去不来。

我变了，在他们的眼中，我已经失去自我，变成愚痴的无知，更像个莫名其妙的傻瓜。这是他们印证了我的欢乐，我想作以报答。慈悲从芸芸中如甘露洒向我的世界，让我有勇气看看所谓的自己。谁的辱骂在这里开花，鲜艳得让人忽略制造者的痕迹。又是谁的傲慢在这里变成潺潺清澈的溪水，平静得让人心生清净。

# 爱的启示

就在昨天，我还在寻找那没有低谷的高潮，没有外因的内在，没有邪恶的善良，没有无法避免之痛苦的快乐。最终，我在那痛苦和无法实现的梦中毁灭自己。这便是我无意设定的试验，没能邀请谁一起见证。因为，那只是一个必然的偶然，我不曾预知。

不算是大彻大悟，而是终于清醒。坦然面对那坍缩成无极的奇小，我从那黑洞中消失，背靠须弥。习惯死亡的觉醒，在又一个重生中证得永恒。

在我的生命中，你是盛开的绚丽。在你的记忆中，我曾是枯萎的荒凉。但你清楚地让我知道，你拒绝让我浴火重生给你一个灿烂。因为无须我沾染你有限的时光，并使你不能离开。我曾说：你不用歉意，我不怪你，这样很好，我可以微笑着面对你的背影。

那曾是我无明的幻想，对你的怀抱我憧憬无限。你其实没有拒绝，只是我莫名地恐慌。眷恋如藤，缠绵似枷锁，没有那束缚的拥抱，谁不会觉得孤单？

我不敢告诉你的当下，我来过，如同你曾从我心中离开。我不敢告诉你的过往，你曾动过我的心，而我动了你的情，以此相谢。如果，当时你让我取心来看，我应该会赤裸相呈，不修不饰，简单如实；如今，我也不可能穿行于自在。

我曾不止一次拷问自己，那究竟是对你的爱，还是对你的舍。那根不凡的仙骨生在谁的躯体，那多情的佛心该如何向你表达？那时，我一直纠结。

太多人忽略了是什么成全了喉咙间三寸的往返，更模糊了生命的真相。很少有人有勇气走出自己，

目睹那正在堕落的客体。戒了对自己的慈悲，也戒了对周遭的喜舍。似乎无法浮显的永远是真相，而能够舞出撩人倒影的只能是诡异的群魔。你告诉我你所看到的那些扭曲，我已然明白你的心。

我准备穿过黑暗迷人气息，你是我心里那味光明的真火。

# 浮生若梦

无数的人在问幸福是什么？无数的人在答“什么”是幸福。

这个时刻都应该蓬勃的信念，已经被复议成一个垂垂老去的暮者。就连那生来自由的喘息，都被带了枷锁。

财富与权利让谁被梦魇侵扰，沉浮于至高无上的纠结之中。斗争的过程，成为当下讲述曾经的资本；就好像英雄给一群孩子描述他曾在战火中穿过的历史，让人心生敬畏。一声无奈的叹息，点缀了枯瘦的生命。

清淡与崇高让谁在无奈中炼成习惯，执着在追求和实现的途中。没有纠缠，只剩下反复的提醒；慢慢习惯像是会开花的孤独，连寂寞都无法亲近。

我们都在做同一件事，追求幸福，或者有人说成是实现某个让自己骄傲的什么。这本没有错，谁也没有做错什么。总是能够找出值得的理由，让清寂的生命多些回忆的线索。

我们没有什么不同，都只是在看到对方时想起自己。我们的过去曾惊人的相似，我们曾同样可以回避现实。可是，我们还是在此相遇了。不论是谦虚地骄傲着，还是骄傲地谦虚着，我们都是幸存的。

女人开始解放身体，男人失去了防备；仿佛我们总是能在俘虏些什么之后，才能让自己再次满足。智者的脑日渐丰满，勇者的种越发强壮。一根针被想象成擎天的力量，活着被看成如进食般简单；谁讽刺了谁？

我们没有什么不同，都不止一次被自己鄙视和追捧。没有什么值得抨击或者反抗的事物，就如同我们时刻都是别人讨厌或者喜好的缩影。

安心地睡吧，无法成眠的夜，只会平添更多感慨，在我们还无法处理感慨之前，最好不要做太多的准备。美色当前，我们软弱不堪；权力当前，我们心生屈服；财富当前，我们充满渴望；喜悦当前，我们得意忘形；悲伤当前，我们心痛欲绝。但是，我们仍然没有忘记希望。

本性早就在我们初生时为我们种下智慧，断恶的智，可生慧能；善巧于恶的智，可生迷能。本能的知，修为的识。早晚有一天，我们都会明白：过去，才刚刚开始，未来已经远去，当下，我们正矗立于此。

如果，有一天，我随风消散，我所希望的是：我能在你的心里种下一颗种子，让它开出会微笑的花儿。

## 杀我

我睡了，我希望如此。

我可以感觉到你的气息，像是一阵带着祝福的暖风，掠过我的脸颊。我闭上眼睛，安静地假寐。渐渐地，我离开自己，升往天空，在还可以清晰看到自己的云距离，我驻足凝望。

密密麻麻，遍地是我。存于当下之在的生，繁华夺目。甘为客体承载本识的命，单薄无比。我想为自己落下一滴眼泪，祭奠我的来缘，却不想变成了彼此，谁在这岸，谁在那岸?

就因为谁都不愿意是谁，谁都争取了自己的名。相互呼唤，如同声声不息的咒语；已经早被隐藏在其中，早得在前生的几世轮回中，就种下选择，我们都曾浑然不知。

慈悲如你，一味无量的喜舍，使得你清瘦得可以飞过云际。被看破的放下，滋养着被放下的看破，撕开狭隘的眼界，自由穿行。

恶毒如我，不二渴望的拿起，使得我富有得寸步难行。思想给了身体太多富贵的暗示，肆无忌惮地面对，无知地承受，无法自拔。

无情如你，俗世不睹的无名，使你变成我恐惧如今的参照。生出无形的律，逼我念生情义，并使我崇拜你多情的仙骨，考验我身。

欢喜如我，浅薄的卑微，使得我谦恭地接待那一点造化。我向世人提及我曾经的卑劣和贪婪，为他和她的将来提供忏悔的佐证。

如是，在战火的悲壮中，我不曾反对以牺牲换取和平；我执着他人所不屑的信念，被谎言玩弄于股掌，却骄傲地歌颂着胜利。我把清贫的生命变成富足的传说，演绎让贫穷喝彩和向往的一出又一出。

我的谎言像流星般美丽，如昙花般使人无法回神。我知道太多被人们称为秘密的真相，却不曾为谁揭穿。倘若我早知道执着的毒，我还妄想吗？分别还有意义吗？倘若我早知道什么是镜花水月，我还会缠绵于谁的温暖吗？

不过是些假设，自己却信以为真。其实，早知道不过是虚妄，但是已经习惯在虚妄中消受，直到忘记怀疑。我羞愧难当，就犹如玉体横陈于眼前，而我来不及恭请你的芳名。

我能为你做些什么？是不是你早就知道你给我的点化定会奏效，造就我对你的妩媚可以熟视无睹。我在你的怀抱中消灭了自己，就像我通过他人成就自己的财富后，开始对贫穷心生怜悯。再或者，在得到你的教化后，用我当下的智慧照破世俗的无明？

你都对我做了什么？我真正渴望的不过是能安

住在此，眠于我不动的空寂。我不过想安静地睡一会儿，一个瞬间也罢。一个呼吸生出无数个刹那，一个刹那竟又生出无数个念。念念虚空，念念羞愧，念念杀“我”。

终于，我安然入睡。

# 以爱之名

忘记我吧，我曾经的出现只是迷途的徘徊。只因你宽阔的情怀，使我自在穿行并迷恋其中。我承认那曾是我最欢乐的过往，至今我都不曾遗忘。

忘记我吧，我曾经的到来只是憧憬的幻象。只因你温暖的怀抱，使我不敢涉足外面的世界。我知道那其实是在释怀与铭记中纠缠，我停止渴望。

忘记我吧，我不能再让你为我在爱与无奈间徘徊。你每一声叹息都像是对过去的祭奠，在我心里立起一座座碑石。你为我不断地重生，我为自己增加更多的罪过。

因为你，我安然度过无数白日，尤其黑夜。我一直以为我是为你而来，俨然，我的心对你无限挚爱。其实，只是我以为。我应该向你忏悔，你因我虚度的光阴已经变成永恒，那时光已经伤痕累累，而我确实刚刚知晓。我羞愧，甚至懊恼。如今，我有勇气面对这些，那些我曾未明的道理。

事实上，我已经找不到合适的方式惩罚自己。几乎任何结果都不能表达我的惭愧，我自以为是的圆满。我不能再回忆任何有关于你的过去，哪怕只是某段零星的与共，都足以让我浑身颤抖。

我铭记那一切，这仿佛是对自己最好的敲打，每一次都能让自己疼痛得想要放弃生的契机；犹如赎罪般的刻意回避，结果却适得其反。只说明，太深刻，根本无法轻易抹平或掩盖。

你的名字，是一枚带有无限力量的章印，印在我灵魂的空白处，再容不下任何其他。安住，却不能自在；离开，却不能放下。

你的名字，是句暗藏无边法力的咒语，回荡在被我忘记的空间，听不到任何其他。回避，却无路可走；面对，却无法生勇。

因此，我生出发丝。

# 过忘川河

那是很久以前的事了。相信你早已经忘记，只是我自己还没有放下。你回眸一瞥，夏花落尽的果实，仍然芳香。犹如一抹琴声，打破我半梦半醒的颠倒。起初，我以为是黎明即将到来的征兆；最后我才发现，我的世界日夜没有分别。

我又孤身在路上，城郭早已经是破碎的久远。我为谁跋涉，谁又在等我。人间这美轮美奂的景色，是对我的安慰，还是隆重的驱逐。环顾眷恋的必然，闭目忘怀的勇敢，纠缠着，欺煞这扰人的秋。

我在路上，又在路上。天空广阔的寂寞，让自由想要歌唱；吟唱吧，云彩绕萦在我的发梢；我回荡于山谷，我正要去别处。

这仿非人间的片隅，无人来访。

我飘在花香的记忆，为任何，可以为任何，不知为何的舞蹈，投射给大地，如果你看见我的身影，请和我一起舞蹈，或者微笑着观待，就算是我对你的敬意，但不要忘记最后要把我忘记。

我在路上，又在路上。你是美景，宽慰我孤单的跋涉。唯恐你忘记我正路过你的怀抱，我邀你起舞，就算鼓励我无畏的力量。

这犹如梦境的幽然，无人知晓。

我走过山林的阡陌，为任何，可以为任何，不知为何的不忍，偷偷藏于心间，如果你看到我的沉默，请记得我曾舞蹈，或者闭目去回忆，就算是对我的疼爱，但不要忘记最后要把我忘记。

我在路上，一直在路上。

# 重味如刀

炊烟的香气弥漫于感受，挑逗着我的步伐。如久违的美人轻轻煽动修长的睫毛，深邃且又充满诱惑的眼神仿佛是要讲述一个只有向我才愿意吐露的秘密。而这个秘密，所有男人已经打探多年。

这让我惶恐，让我的胃紧张不已。我已经忘记奶嘴给予我的安全和满足，不再因为缺乏谅解和爱而狂乱吞咽食物。如果，你想要告诉我，你在等爱，你辛苦了；如果你确实是在等爱，不如试着去爱吧，有人如你，同样需要被爱，更需要在被爱的感召下去爱。

食物的牺牲和怜悯，会让你更加颓废，忘记爱的方法，伤害你已经疲倦的身体。食物在为我们失去生命时，并没有诅咒，但它们记住了我们的手，我们的眼神，它们悲哀的无助，化做最后的哀鸣，被上天听见。

学会祝福了吗？这是化解所有魔咒和心淤的唯一方法，是我在这炊烟中证得的道理。只是我不知道该如何向你说明，如果有必要，或者你愿意，请你闭上眼睛，随我一起说："我有爱，我爱你。"这是对自己最大的恩惠，难道我们真的愿意忘记和杜绝爱的慈悲吗？不，我们不会这么残忍地对待自己。

我不得不告诉你，我也已经疲惫不堪。但我在这其中得到了你不知道的力量，微小的可以撼动须弥。我的瘦弱驱逐了我曾经的迷惑和孤独，它们愿意为我歌唱，给我力量前进，护送我的决心。

试试吧，像爱自己一样；这简单的不恋重味的方便，你可以做到。我驻足于此，接受你的考验，等待你请我离开，我将欢乐不已，你亦如此。

我很高兴，你保持着呼吸的习惯，造就一切可

觀自在菩薩行深般若波羅蜜多時照見五蘊皆空度一切苦厄舍利子
色不異空、不異色、即是空、即是色受想行識亦復如是舍利子
是諸法空相不生不滅不垢不淨不增不減是故空中無色無受想
行識無眼耳鼻舌身意無色聲香味觸法無眼界乃至無意識
界無、明亦無、明盡乃至無老死亦無老死盡無苦集滅道無智
亦無得以無所得故菩提薩埵依般若波羅蜜多故心無罣礙故無
有恐怖遠離顛倒夢想究竟涅槃三世諸佛依般若波羅蜜
多故得阿耨多羅三藐三菩提故知般若波羅蜜多是大神
咒是大明咒是無上咒是無等等咒能除一切苦真實不虛故
說般若波羅蜜多咒即說咒曰 揭諦 揭諦
波羅揭諦 波羅僧揭諦 菩提薩婆訶

能。只要你愿意，多给自己一些寂静的空间，宽慰一下自己的呼吸，你将是一个美好的可能。

因为你知道，我们都在自己的心里隐藏或是描绘着另外一个世界。某时我们可以把自己匿藏在那里，不论是逃避放荡的后果，还是亲近纯净的自由。起码，那里能让我们还对可能充满希望。

缓缓地，我们忘记自己的身体；随自性在这里自在地飘浮，没有力，没有纠缠，没有得失的重，没有选择的痛，没有爱与恨沸腾。

一路走来，我庆幸坚持到当下。一路走来，终于到达这里，虽然是短暂的停留，但对“我”而言意义非凡。

在已知的文明中，我们是历史的印证者；在未知的文明中，我们是稚嫩的探索者。然而，我们早就已经是参与者。

请不要忘记，我们是这个身体的客人；更是这个世界的客人。

# 落幕的盛宴

其实已经没有对任何人叙述的必要，也没有必要再叙述任何人。那一场盛宴，使我们一度厌倦甚至模糊了平凡。生命的光泽不再是宁静的慈悲，也不再是坚强的追求，而是在妥协和迷茫中享受堕落的快感。把自己交给幻觉的刀锋，斩断再一个坚持就能开花的藤。

只是隐约还记得，在自己的心里总有个地方，它很远，与现实无关；它很近，闭上眼睛身处其境；它风光明媚、它寂静荒凉、它无处不在、它还不曾被骚扰。雪山、青草、湖泊，微风迎面吹拂，掠过发梢与指缝，身后没有丝毫当下的气息。眼前辽阔得使念头都不知道该如何生长，没有一个有关于什么的故意，自在得使习惯开始怀疑。

暴雨、狂风、落叶，尘埃飞扬在天空，看不清未来，过去倒入泥土搅乱记忆。世界在阴霾中残喘着最后一丝光明，信念唤醒所有的力量。看清楚那假设出来的迷茫，没有什么不是通过猜想才不得不在最后一刻露出端倪的真章。无明的缭绕曾是日夜怖畏的魅息，出没在任何目光所不能达到的角落。恐惧催生的盲目轰赶着身体四下乱撞，成就一出又一出荒唐。

那是一段什么样的时光啊？造就当时的自己，使眼下怀念异常。相对，谁是魔鬼，谁是明虹，谁是新欢，谁是旧爱，谁是幻想，谁是究竟，谁是过往的因，谁是未来的果，谁是谁的过去，谁是过去的谁。然而，又是谁想到这些？

是哪般的离去又勾出如此的到来，对自己又应该如何交代。之所以不敢轻易地问，是因为自己都

答不出来。

安歇吧，那盏清瘦的灯火照出的孤独已然洒落满地，叫人如何能不思量。安歇吧，转角处是反复重叠的梦想，压榨着堆积如山的绝望，滴下微渺剔透的光芒。

# 不如不见

你冒着只剩下美貌的危险，如一缕清瘦的秋风流淌在人间。冬天，北风呼啸着挟凛冽而来；回忆蜷缩于他方的黑土。春花再次回归枝丫时，夏花落尽的悲壮成就你曾经过的慷慨的荒凉。或许，已经有人嗅到你眼中如汪洋般的咸涩，却少有人记得你转身时藏在指尖的柔弱。

只因多看了你一眼，那辽阔的美又无限蔓延于心头，迷惘于其中。羞涩于秀色的惆怅涓涓又回心头，叫人如何放下。这会是在人间又一个初现的美，还是又一个被无意发现的挂碍？无论如何都是又一个残酷的抉择，就像你曾不止一次以残忍命名的释怀。

再次相见又是千年，认出你的样子是因缘也是考验。愚昧的是我们一直都没有真正相见，每一个擦肩回眸无不是晦涩的百年。窥到的是你的离去，等待的却是一个又一个你不知何时的到来。牵怀使光阴从风驰变成姗姗，就这样又一个有意无意的千年。

这个中生出的恐惧如山花烂漫，谢落前是炙热的等待。如我当初从远方赶来，穿过无从躲避的一切。任由美景嘲弄只能姑且荒凉的心，等到相见时好容下你全部的复去又来，好让相见不至于因为丰满而泯灭。

已经快要忘记这是第多少次没有确定的一面之约，你如魔咒般的呼唤荡在四野，成就决定的勇敢和堕落的无忌。就这样颠倒迷惑一天又一天，一年又一年，一生又一生。你不曾离去，我不曾到来，我擦肩于你的回眸，你回眸于我在你回眸中的擦肩。

是你的慈悲，教化我的慈悲？我宁愿看作是自己的迷失，没有从无明中清楚的迷失，没有从示现中消灭的无明。总之，这无关对错，无关你的对错，无关你造就我的对错。

又是一夜，黑白颠倒的一夜。

# 那时花开

并不像你想象的那样，我毫不在意你感受。我更在意的是你如何感受我的感受，我的沉默也并不像你所认定的冷漠，而是因担忧而来的冷静。一切都很简单，但又绝不是你所认定的简单。给你的每一个拥抱都可能是又一个浮沉的开始，彼岸又恰巧不在我怀里。如果你所需要的只是一个不计姓名的暂时的温暖，此刻我愿意是只为你努力升起的朝阳。沉入你的黑夜，却又不能被他人看到。这是我唯一能给你的颠倒，但绝不是你就此开始的沉沦。

请张开你智慧的眼睛，看清楚情爱所造就的一切，如无常般无常反复使人不能自拔，一出又一出

地上演你记忆中的悲哀和旁人悲哀中的记忆。那了无止尽的延续正是生、老、病的根源，因此酝生出的贪、嗔、痴的苦难又了无止尽地考验着你的存在。如果，你是爱，你代表了我对你的苦衷。如果，你确实是爱，你代表了我的放下。如果，你真的是爱，你驱散了我的迷茫。如果，你就是爱，我愿是为你而来。

我想你已经隐约感受到我的担忧，希望我们没有忘记那一段段已经灰飞烟灭却又重生的过往，惊人相似的倒映在眼帘和内心。你的到来和我的出现不就是验证我们曾经的疑惑吗？你还是来了，我还是在同样的道路上，镶嵌在记起和忘却的边缘，远处山峦和峰巅的旗云是记忆中还仿佛的线索，我们又再次相遇，直到被遗忘于究竟。

信念在心念中坚定，仿如一颗永生的种子，不为发芽，不为开花，不为结果，只为提醒自己不要动摇。已经升起的慈悲正渐渐喜舍于圆满，已经不再计较空与有的距离和差别。遍地落叶黄花，如同我支离的过去，也无异于所有人的将来，贴近泥土留下芬芳。

你已然到来，我已然等到你的到来。那些过虑的烦恼就让它大方地来，愉快地去吧；因为我们已经决定将其化为菩提。不论是坚持逆流而上的释怀，还是顺流而下的无奈；我们曾不止一次地拒绝庸俗，却变得越发庸俗，因为放眼望去全是庸俗，我们落入讨伐庸俗的庸俗。其实，我一度为自己的势单力薄而屈服于无奈。就好像你一度觉得世界太大，大得无从温暖；世界太繁华，繁华得备感孤独。是要转身逃避的清静，还是要置身其中的解脱？这样的问题我们都曾经历过。

你来了，我很快乐；你快乐吗？再看看周遭，我们该做准备了。

## 倘若如此

你这是歌颂生命此刻透彻的辉煌，还是终将决定的悲壮；或者是略尽繁华的苍凉？但我相信不论是重游记忆的淡漠，还是弥新溯影的憧想；都总有一丝起源与过去，但并非消散于现在的纠缠。未来如晨时那颗从夜晚驻足至此刻的星，依然耀眼，依然要离去，依然存在。

然是浮名，化作浅酌轻吟，随风去吧，腾出时光的躯壳，向世间化缘一段允许不被记住的美好。那大的无从温暖的世界，小的孤独不堪的世界，从不是你真正伫立且生根的世界。就像是一片从无名之地飘来的叶子，只做短暂的休息，泛黄前继续上路。

这应该是习惯的飞翔，并非垂涎谁人随时可以收藏和张开的翅膀，更不是贪恋那越发孤单的高高在上；追往云霄，只为告诉他们孤独的真相。

你引诱着我冲动的迷茫，如春风中曼妙地飘摇于眼前，却又不愿落入凡间的雨丝；使我不能以转身而表明抉择。然，我还不能离开此地，从此，你不时这般：白日你如我心头那片即将到来的云彩，黑夜你似我枕边涓涓的吟诵。这儿，已不再像从前；如梦似幻，你久久没能散去，这只是隐约的隐约，又如此深刻。我不敢多想，是担心自己不能自已，也是担忧你不得不堕落于此与我同眠。

我早已经习惯，独自嗅受寂寞花开时尽情的芬芳，却又突然忘记花落时凋谢的从容。你究竟是什么，请示明于我；是你心头略带着幸福的痛楚吗？你以这样的方式将感受赏赐于我；是你脚下不忍割舍的前尘吗？你以这样的印记忠告于我，仿佛隐约

知道我此刻出现在此的缘故。

没有剧本，却要演绎出那早已经忘记的丑陋；起初我以为这是存心的诋毁，后来我才知道，我要演绎的不是丑陋，而是让丑陋变成尚善的信念。那更值得喝彩和钦佩，不论是观众还是自己。尤其是我曾经的丑陋，那是一段成熟的经验。不需要再刻意捏造，只要咬咬牙就可以重现。好在不需要担忧又一次的堕落，因为你让我明白这娑婆中止念便是登岸。

看看眼前，谁不是曾经的自己，哪一个不是鲜活的示现。窗外落花惊醒子夜，以为是你乘风归来。当真如此，我不再疑惑。

# 一叶知秋

我已犹豫许久，最终还是要如是相告——我几乎已经没有足够的勇气再帮你回忆那些被你遗忘的片段。不是因为恐惧，也不是因为不洁，也不是因为不够具体；而你又是它们唯一的宿主。

无论是迷茫的失念，还是堕落的痴狂，或者是逃避的无知，都不是他们的真实。因为，它们不是你的命运，而你恰恰是它们不可逾越的必经。你能为它们做些什么已经不是个问题，你做了些什么，你为它们做了些什么？一个个不得不低头沉默的遗憾，还是一个个值得高声呐喊的骄傲？又或者是一个个不在预想的契机？

它们在远方等待你的决定，远方，每一个被你认定为前方的远方。它们在眼前等待你的决定，眼前，每一个被你认定为即将沦为过去的眼前。它们在白昼与夜色中徘徊，没有任何声响和形象，就连春山微皱的悄然亦不曾有过，可山谷的轰鸣却不曾停息。

终于，你将它们拥入怀中。以倏然震惊的激动看到它们的欢喜和忧伤，你想起过去。那呼啸的锋芒凛冽地肆虐着大地，满耳都是无从感慨的流光。吹着单薄的思想，身边空旷得只剩下抖动如蝴蝶翅膀的窗纸，月光倾泻，备感炎凉。那便是了，每一根毛发的曳触都是它们对你记起它们的慈悲的致敬。夜色更加寂寥，静静地释散着白日纷繁留给大地的遗憾，被你误解的遗憾。撩开眸前垂垂已久的帘，脚下辽阔得只剩下咫尺方圆的无垠，轻声舒展，满是温暖。

知秋那一叶，镜中人比黄花瘦，落入天涯，消了牵挂藏了愁。一山又一山，春夏望透，穿过东风一盏，痛了迷茫，生生万物。抬头向天，一朵两朵三四朵，七朵八朵，十来朵，朵朵舒卷无来由。

# 你在，我便无法离开

我再无法接受，你无奈的冷漠。满目迷茫的酸涩，仍就笑着。这世界很执着，但你还是来了。一面之约的蹉跎，一念之差的曲折。

谁成全了你凋谢的烂漫，谁成就你芬芳的寂寞。谁是你穿越春秋的灯火，映彻雪花义无反顾的飘落，那隐约的足迹证实了你所谓的值得。谁来过，又去了，谁聆听你唇齿羞涩的述说。月光如滑落的纱，你赤裸着，尘埃清晰地浮于皎洁，让人不知所措。

只一个呼吸，岁月斑驳。只一个回眸，刺痛霞光。你是临界的眨烁，急切如无人亲睹的花开花落。你是我无法承受的记忆，沉重得使人心生迷惘，飘在天上。缄默着埋藏欢喜，如果只为让我知道视间的虚幻，那你便是悄悄落入昙花之上的雪花。没有人知道哪一朵先绽，哪一朵先谢，哪一朵是真，哪一朵是假。吟一段不知其然的由衷，算是对你曾到来的赞歌。

无法抑忍的决堤，是你转身时似真似幻的气息。并不像人间的烟火，却让人领会这便是于此的遗憾。淬炼了观待残缺的从容，生长出为他人示现的根苗。雪花与土壤的厮守，如她融化时悄无声息，只有枝丫微微示意。

面前是昏时的红漫，你如倾国倾城的玉体横陈，又如沉鱼落雁的春山微漾，都化为镜中的花瓣落入手心，水中的月亮飞升至天。切切的，若真若幻。

然，你仍在这里。故，我无法离去。

# 假寐

又是一个深眠，假寐在人间。

每一个愧悔之后无不是一盏灵魂深处的光芒，不为任何荣耀投入另一个深心的秘境。又如一个隐喻，她似夜色中悄悄盛开的花朵，只为黎明时倾情于路人的微笑。她悄悄地盛开，澎湃却不致打湿你的衣角，如你怒放的心花不再以凋谢而命名灿烂。她悄悄地盛开，宁静却不致埋藏你的年华，如你悄然释怀的升华不再以咆哮诠释喜悦。

又是一个深眠，假寐于世道。

她如你等待数世未曾到来的使者，终于经过心灵跋涉至眼前。拂去人们对黑暗的恐惧，对白昼的迷恋，对遗憾的怨恨，对得意的肆纵。述出你的心声，修饰狂放的枝叶，让现实值得尊重与期待。她如飘在头顶的另一个自己，从恶俗中脱离却并不对其嫌弃。眨眨眼，我们都变为含苞的希望，放下对生命的武断。

呼啸的不再是凛冽的凄厉，呜咽的亦不再是悲凉的萧瑟。她不曾离开，何来痛彻的割舍；她不曾到来，何来喜泣的若离。她不在深青，亦不在白昼；她在你眸中，荡在你心里；她是你前世的憾，亦是你今生的缺，但愿她是你别时的圆满。

那如记忆中生长于年少的青楚，化做一捧隐约，难不决堤；微笑使之涓如天水，似女子夜半的珠帘，随心洒落。你从何而来，竟如此知我心思。你，还走吗?

这如你来了又走的寂寞，好似黎明前一刻的焰火。美幻后丛生的迷惑，只能用更重的思念消磨。你留下的朝晖已成暮色，虹于西方千年不落，我的凝望不曾止过。

## 云上的芬芳

如是，痛彻发丝是谁在堪忍世间一切遗憾而又不作呻吟？仿如浴火却能放下痛苦的凤凰，只为究竟的涅槃。风影中未有犹豫，你是那不被尘世熟纳的芬芳，漫漫在山野、天际。

解脱，是以信念对谁切切的呼唤如放下时静寂的无声？仿如茫离中伫立不动的流光，只为示现的正名。传闻中未有你的模样，你是那不为时光知晓的烁芒，静静在心头、念间。

飞翔吧，我挚爱的人，看清楚高山的卑渺与巍峨，如心潮荡漾的轻轻，便足以造就大地的模样。

飞翔吧，我挚爱的人，看清楚涓涓的柔弱与

磅礴，如泪水滑落的缓缓，便足以改变星月的痕迹。

飞翔吧，我挚爱的人，即使天高风寒；我是你脚下那朵无名的云迹，始终垫着天地之间的悬遥。

飞翔吧，自由，自在。

# 何处不厮守

我捧着繁华走入红尘；谢了谁的妖娆，啜泣着眷恋与哀恨。告诫自己只是时光洒落的一瞬，并无寻求与厮等。

抬头仰望，那似永相宿守的眸；凝望人间，告慰相爱不能相守的磨难，化做夜色沉默了无法言说。

莫再说爱，无法不爱；莫说不爱，怎能不爱。既已如此，莫枉了我来此寻你的忠贞，莫枉了我谢尽繁花的悲逆，更莫枉了你为我示现的良苦。

熠熠在星川，无奈于离合；沉默了娑婆，旁人不知的一易，已是羞怯了千年的痴痴的切切，只愿从此休要再相望于对岸，即便干涸了传说，也要渡了这似祈似愿，似误似憾的河。

镜花望穿，你姗姗到来，苍白了漆黑夜光。我融入炊烟，袅袅至天堂。

鹊白了头，愁煞了愁，秋熟了秋。落叶一片，荡尽苍茫；风轻轻，潇潇了相思洒遍穹隆。

何处不厮守。

# 一恍千年

我们已经一别多时，对你的牵挂已被世人解译成一切生与死，一切爱与恨，一切悲与欢，一切离和别，一切似真又幻，一切山川坚伫，一切河流奔腾，一切花开花落，一切喜，一切怨，一切痴，一切癫。

我们已然一别多时，我已无法承担。我独自演绎一切生死，一切爱恨，一切悲欢，一切离合，一切似真又幻，都只是为了让自己不能散离出你的生息。

我癫疯成痴狂，揉一切生息于不为人知的我的神识间，开每一扇门，造每一处景，筑每一条路，绽每一朵花，落每一滴泪，都只是要你莫要忘记回归的途程。

我痴狂成癫疯，重温一切你尚还支离的隐约。痛每一个痛，笑每一个笑，都只是要如你一般真切才不致使自己生疏了你。

直至当下，我已经筋疲力尽，世间每一个人都已经是曾经的自己，我快要于此消散。让我再为你落这最后一滴眼泪，敬奠自己不曾失信的坚定和因此生起的我了却了的因缘。

就在当下，我轻轻闭上眼睛，兑现我最后的承诺。就在当下，荒茫中生长弥新。如春风轻拂旧时残尘，枝芽从寒风中从容探首，秋雨滋养夏时迟绽的羞涩。眼泪慈悲地充满双眸，抚慰快要灭寂的绝望。你就在眼前，还是当初的模样。你就在眼前，我已是新生暮老更迭往复的旧己。你就在眼前，我一惊如梦已恍千年。

# 碎境

孜裂地渴望，暖了凌冽，瘦了山河，碎了孤独，我从一个远方投生向另一个远方。你是那茫茫深青中无法轻易示现于眸中的光芒，我该如何向世人探寻黎明的轻重，以便知晓割舍哪一段记忆的分量。

我每一个虔祈都宛如每一个迎接之后片刻就变成转身告别，我如是描述当初的慌张。我已经忘记你的背影，犹如你始终望着我的眼睛。你不在远方，远行的只是我恐慌的迷惘。

如果是你救起我的当下，那请你让我看到你的未来，我的心莫名地忧伤，应该是你又为我悯痛。

你累了，累得离失自己。眼前的一切都似陌生的记忆，春光在别人身上温暖荡漾，在自己身上却是勾起遗憾的水月。我是你心头的茧，无法蜕演成蝶的隐忍，痛得只剩下慈悲，慈悲得只剩下痛与忍耐。

这是谁的光景，何止千年，恰逢花开的临邂，又深谙花落的恒常。是我毅然的到来，还是你毅然的等待？又一个倦寐浅薄中磅礴的恍然。

# 你还是来了

瘦尽青山，纵使明月常悬，仍藏不住窥注相祈的怯思，如你那时躲在众人之后悄悄望着我的双眸。也许你并不知晓我早已察觉，只是那时我们隔着凡尘的柬篱而不能近些，再近些。然而，你的背影却胜过你凝掷至我眉下的光芒，至今明白着黑夜。

这并不意味着你的眷恋，亦非旁人揣测的流缘，更是无法诉说的如雪山与旗云的缠绵。那生来复去的轮回，是为再见还是默念？那生我沿途撒下格桑，直至西天净土；唯为担忧你可能的不舍和迷途。

你还是来了，是我向诸神的打探还是佛陀允准了你的请求？是我无时无刻不在尝试放下的念头，还是你对我又到此处的堪忧？你来了，于是又见了面。

你看到的是适才我的熠熠，还是我一路到此的艰辛？是我对你的不舍？还是我毅然坚决的告别？但无论如何，向西的圆满不能背弃，这一点你我都清楚。

这红尘中，你便是我的菩萨。示现一切，考炼我忽然的心，使我云淡风轻。

# 我在远方

那日，我来到这里；张开双眼并呀呀习语，这是一个陌生、弥新、似曾相识的世界。

那日，有人离开；少有人知道要去往哪里，那曾一度猜想、恐惧、始终要前往的世界。

那日，我看到爱如甘露滋养生息；遗憾亦在露珠中成长，欢喜是天边那一弯彩虹，痛苦是脚下之泥泞。

那日，我寻遍世界；想要治愈眼界见知投至心灵的疼芽，道路长远而又充满不枉的艰辛。

那日，我筋疲力尽；放弃的念头如妖魔揪扰我心，仿佛只要一个妥协就能满足当下所即。

那日，我没有放弃；随时光生长而出的无明与贪嗔、傲慢与痴迷洒落大地，垂剧如迷途知返的勇毅。

那日，发丝落尽；那日，我着离尘；那日，何人的来又何人的去；那日，你曾是我而我是远去的你。

那日，我们在六道外相聚。

或许，在你的记忆中只剩下关于我的朦胧；如一片月光微漾于胸前。

是啊，我在远方，自从你踏上前程，我便在远方。如那株荆木，不敢弯腰，不敢落叶，不敢枯萎，只为那必需的伫立。你偶尔回眸，我在远方；尘埃般模糊于视野，莫失了方向。

我在远方，你在前方，即便在记忆中枯去，亦要等到你到达时不经意仰天弥眸。那时，我能听到你微笑的无声，透过遥迢。漫天飞花是我欢心的回应。那时，我会拂去垂于眼前的风帘，掠尽如眷啜泣的沉默。

走吧，莫忧心思，我在远方。

# 当我没入尘烟

往事如梦似幻，却仍悠悠于眼前。时光如优雅于隐约中的兰息，红尘中仍还有我。

只一丝寂静便荡出过往一出又一出，浮在脑海却湿了心思。念了哪一念？恋了哪一恋？竟使人反复于此中恍惚，欲放下却觉不曾拾起。如少年偏浮又如旧时余酒于觞，是百转千回又是荡气回肠，更是莫名之漪荡。或许，这就是你的疲倦；使我难负其堪。

山川似轮回相认的故地，风花似辗转又闻的引音，放下似离舍堪忍的向往，拾起似不忍忘却的侥搁。一念思索，又一个遥遥无期。沿途唱诵洒下的

过往，如早已谢罢的暖春；满是绽凋的新痕，这是你当下知晓的娑婆；而我还需一路长叩才能回去。

我该哭泣还是欢笑？这又是我演着谁的心思啊？那沉默寂寥如悲壮的鸿鸣荡于山谷，滋生满目仙踪。那嗟叹轻唏如清澈的无想映于云端，羞煞盈眸凄怨。

这世间，本没有我；如一缕只是曾漾于你仰天一瞥的轻淡，可如今众生之重皆集于这一步之履的凝纳，又将如何担当？悲之切，智之漏，愿之重，行之遥，岂是这弱弱如草毫的四大所能圆满，空我一念吧。闭上悲伤的双眼，祈来那微似晨露之千万分之难以得见的慧措，让我再有勇气张开双眼，尽是能契的妙华。

又透过深青，烛焰如旧，不暗不艳。红尘未尽，依然有“我”；继续诵唱那婉梵音，愿你安好如飘扬于须弥山巅的悠然。红尘未尽，依然有“我”，长叩于前程，没于尘烟。

# 羞怯的玛尼石

春风歇，夏花藏，秋意渐凉，佳人添妆。盘了发，粉了腮，迷了红窗，落叶飞扬。已经年，阔了离别，瘦了山房。又经年，瘦了离别，阔了山房。问君生有几时光景，守尽相思，羞了繁花润芽桩，皆不思量。

无谓月月年年，莫说暮暮朝朝；辞罢山水，你于远方，我在路上。何须再思量。

谁啊？沉默了满腹衷肠，却道尽薄似蝉翼却厚重如茫山的别离眷恋。这便是人间，切切如风刀迎面，又渺渺如晨烟的见思，融了谁的心，又化了谁的愿？那一场如暖寒相替的不更中，种下多少欲诉无人能懂的情怀。一缕相思化做夜色中如远方传来

的足音，窗纸沙沙地响。又却是那峰巅枝丫弓回的哀愁，湿透窗花。

就在此刻，我又想起你。无关夜色，无关遥迢，更无关空寂；而是你一念又牵起我扮了许久的装疯卖傻，或许哪一世我曾潜于你的心思，随你赏嗅四野芳华。就在此刻，我又想起你。不知道谁是谁的幻化，透过庙宇前的角崖，隐于略蒙之境的清澈；如这夜色，未能阻挡你来到我的心里，匆匆如路经的西风，未留下丝毫痕迹，便消失于天涯。

我再燃一盏酥油灯，照彻我的凡心，凡你所到皆是清华。原来，你便是我在凡尘中一度误解的菩萨；为救度我深陷无明的顽心，现于我的面前。那摇曳于虚空的心思啊，我轻轻唤回，种于庄严。天亮，我堆起的玛尼石上，开满鲜花。

# 青灯 明月 曼陀罗

曾经如梦魇般不时升腾于眼前，呼吸着即将窒息的稀薄。每一丝希望的嫩芽，转眼便在凛冽的冷酷中无奈地奄奄。放眼望去皆是北风呼啸肆虐之后的残惨，一座座彰显无常的垒堆旁黄叶滚涌，演绎着告别的悲伤。寂寞的河弯弯似割舍不下的记忆，奔腾如梦中的无声的咆哮。希望如高悬的弦月，清清冷冷最后一丝勇敢不甘泯灭。

没有任何事关此后的音信，野草青黄见证年轮路过。天野广袤于无垠之外，大地只此一目之广。他们于此向我们道别，无论归于他化自在还是光音，定胜于眼前这凡圣同居的垢土。我以我的心庄严一

段必经的路途，送他们前往净土，我在七重外向他们赞叹并道别。

瘦弱的炊烟与枝丫上的旧衣，示现着苟延的生机；鸡犬偻缩在垛窝，沉默地看着眼前这一片枯萎。老者谈论着没有未来的过去，手中捧着的亦只有过去没有未来。女子不再寄希望于那丈二的红绸，灶窝中稀薄的颜色耗尽年华；男人已渐渐老去，很快便像祖辈那样将生命种回大地。

又将干涸的河流托着前世的浮萍，在下一个弯滩邂逅那一摇孤舟。芦苇荡在更加疯狂的北风中放弃呻吟，依旧没有天地之外的消息，这一镜方圆里一如既往地轮回着时光。新生来临，种子发芽；坟墓又添，落叶成灰；年复一年，如远方白云身后的光芒，不陨不散不现地远远于远方。

这是我初来人间的乡壤，我们称它为故乡；一度我是沉重的幸福，看到世界无可取代的含辛茹苦；荒凉与卑微逼迫着渴望不敢死去，闭上眼睛下一个

呼吸始终是继续存在的提携；黄土饥渴成不愿陷落的沃土，我们在悲伤中一念仰天；那一冷弦月终将使那一段泛黄的陈旧长出新芽，如将来我赠你的春暖繁花。

叩谢你们将我交与这片边地，如此之良苦岂是旁人所能知晓。我向已心问化四边，断常不起、空有无谓；名言假立亦无有绳纲，妄是幻化一隅。燃起青灯，风马旗带来抚慰的福音。我着离尘，欲往远方，护送真心回归家园。

幸好，有你。

无须拴闭的空门中是那无须清扫亦不染污的净土，一缕微光便可唤起无边的慧芒。自虚空中请启那一缕缘起，照彻这世界通明的、比黑暗更加妖冶的魅息之焰。莫忘记了初心，如悬在夜色的不疾不徐的慈悲，我们以皎洁而赞美她的宁静。伫立于彼岸那洁白的曼陀罗不再经历枯萎与绽放的生死，凝望于此岸的曼殊沙讲述着忘川河中鲜红的生灭。

这如梦似幻的人生，漫长于生灭的无常间；耗尽光阴不过一丝希求，一念出离便是那暗夜的灯火，摇曳于眼前的深青却迷失于昼时的斑斓。让这不及无色一瞬的人间的百年，又如此真切的梦境醒来吧。故土，并不遥远。

来吧，我们回家。